7 Avril 1913

V

OBJETS D'ART

ET

D'AMEUBLEMENT

FAIENCES ET PORCELAINES

ANCIENNES

GRAVURES ANCIENNES EN COULEURS

TABLEAUX ANCIENS

BRONZES

BUSTE DU XVIIIe SIÈCLE

Tapisseries Anciennes

IMPRIMERIE DE L'ART

CATALOGUE

DES

OBJETS D'ART

ET

D'AMEUBLEMENT

FAIENCES ET PORCELAINES

ANCIENNES

GRAVURES ANCIENNES EN COULEURS

TABLEAUX ANCIENS

BRONZES

Buste du XVIIIe siècle

TAPISSERIES ANCIENNES

DONT LA VENTE AURA LIEU

HOTEL DROUOT, Salle N° 6

LE LUNDI 7 AVRIL 1913

à deux heures

COMMISSAIRE-PRISEUR

Me ANDRÉ DESVOUGES

Successeur de M. Maurice DELESTRE

26, rue de la Grange-Batelière

EXPERT

M. ÉDOUARD PAPE

EXPERT PRÈS LE TRIBUNAL CIVIL DE LA SEINE

174, rue du Faubourg-Saint-Honoré

EXPOSITION PUBLIQUE

Le Dimanche 6 Avril 1913, de 2 heures à 6 heures

CONDITIONS DE LA VENTE

Elle sera faite au comptant.

Les adjudicataires paieront *dix pour cent* en sus des enchères.

L'exposition mettant le public à même de se rendre compte de l'état et de la nature des objets, aucune réclamation ne sera admise une fois l'adjudication prononcée.

Paris. — Imp. de l'Art, Ch. Berger, 41 rue de la Victoire.

DÉSIGNATION

GRAVURES ANCIENNES

BAUDOIN (D'après)

1 — *Le Bain.*

Par Janinet.

BAUDOIN (D'après)

2 — *Le Coucher de la Mariée.*

Gravé par Moreau le Jeune et terminé par Simonet.

BAUDOIN (D'après)

3 — *Le Carquois épuisé.*

Par N. de Launay.

BAUDOIN (D'après)

4 — *Marchez tout doux...*

Par Choffard.

DEBUCOURT

5 — *Pièce relative au ballon.*

FRAGONARD (D'apres)

6 — *Dites donc, s'il vous plait.*
Par N. de Launay.

HUET (D'après J.-B.)

7 — *Deux Scènes galantes.*
Par Debucourt.

INCONNU

8 — *Portrait d'Alexandre Ier.*

LAWREINCE (D'après N.)

9 — *L'Indiscrétion.*
Très belle épreuve imprimée en couleurs, par Janinet.

LE PRINCE (D'après J.-B.)

10 — *L'Enfant chéri.*
Belle épreuve à toutes marges.

MOREAU LE JEUNE (D'après)

11 — Gravures pour l'ouvrage de *Pygmalion* (avec le texte).
Par N. Ponce.

ROWLANDSON (Attribué à)

12 — *In full cry.*

[illegible]

L'INDISCRETION.

ROWLANDSON

13 — *La Partie de plaisir : l'Allée et le Retour.*
Deux épreuves coloriées.

SICARDI

14 — *Le Petit Gourmand pris en défaut.*

TAUNAY (D'après)

15 — *La Noce de Village.*

— *La Foire de Village.*
Par Descourtis.
Deux épreuves imprimées en couleurs.

VERNET (Carle)

16 — *Scènes équestres : Chez Franconi.*
Deux épreuves coloriées ou rehaussées.

17 — Trois vues de villes dont une de Paris.

18 — Un lot de gravures coloriées : Vues de Paris et d'autres villes.

TABLEAUX ANCIENS

DESSINS

AQUARELLES, GOUACHES

BAUDOIN (Attribué à)

19 — *La Blanchisseuse.*

Petite peinture à l'huile.

BAUDOIN (Attribué à)

20 — *Les Amants surpris.*

— *La Leçon de l'Amour.*

Gouaches. L'une d'elles porte au dos l'inscription suivante en écriture ancienne : *Vente de Monsieur Lebrun (Baudoin), peintre et marchand de tableaux. Adjugé à M. Le Barbier.*

DUPLESSIS-BERTAUX (Attribué à)

21 — *Halte de cavaliers.*

DUPLESSIS-BERTAUX

22 — *Réunion de cavaliers près d'une ferme.*

Signé en bas et à droite : *D. Bertaux.*

ÉCOLE FLORENTINE

23 — Deux petits panneaux, présentant l'un *Saint Dominique terrassant l'Hérésie*, l'autre *Le Martyre d'un Dominicain.*

ÉCOLE FRANÇAISE

24 — *Portrait d'un Conventionnel.*

Dessin aux crayons de couleur.

ÉCOLE FRANÇAISE

25 — *Cascade.*

Gouache. Cadre en bois sculpté.

ÉCOLE FRANÇAISE

26 — *Repas champêtre.*

ÉCOLE FRANÇAISE

27 — *Oiseau et ses petits près d'un panier de fleurs.*

ÉCOLE FRANÇAISE

28 — *Paysage suisse.*

ÉCOLE FRANÇAISE

29 — *Enfants jouant avec la massue et la peau de lion d'Hercule.*

Cadre en bois sculpté.

ÉCOLE FRANÇAISE

30 — *Paysage animé.*

Aquarelle gouachée.

ÉCOLE FRANÇAISE

31 — *Pastorale.*

ÉCOLE FRANÇAISE

32 — *Étude de Jeune Fille.*

ÉCOLE FRANÇAISE

33 — *Portrait présumé de J.-B. Colbert, évêque de Toulouse.*

ÉCOLE FRANÇAISE

34 — *Portrait présumé d'un Conventionnel.*

ÉCOLE FRANÇAISE

35 — *Deux Portraits ovales.*

Pastels.

ÉCOLE FLAMANDE (Atttribué à l')

36 — *Portrait de Jeune Femme blonde.*

ÉCOLE ESPAGNOLE

37 — *Portrait de Femme brune.*

Aux cheveux tombant sur les épaules que recouvre un large col de dentelles. Sur la poitrine, rangs de perles.

ÉCOLE HOLLANDAISE

38 — *Portrait d'Homme.*

Le cou entouré d'une fraise et portant le collier de la Toison-d'Or.

FERRI

39 — *Vue de Marseille.*

GÉRARD (BARON)

40 — *Portrait du baron Michaux, général ordonnateur en chef des Armées du Premier Empire.*

GOODALL

41 — *Officier anglais.*

Représenté en pied, le bras droit sur la selle de son cheval et tenant son casque de la main gauche.
Aquarelle. Signée à gauche.

GRÉGOIRE (Paul)

(Inventeur de la peinture sur velours)

42 — *Dessin.*

Signé et daté.

HOIN (Claude)

43 — *Portrait de Jeune Femme.*

Pastel. Signé en bas et à gauche.

LARGILLIÈRE

44 — *Scène historique, probablement le mariage de Louis XV.*

Doit figurer dans l'ouvrage en préparation sur *Largillière*, par MM. Sortais et Roger-Milès.

STEUBEN (Ch. de)

45 — *Portrait d'Homme.*

TESSIER (Louis)

46 — *Vase de fleurs.*

Cette étude, finement traitée, a dû être exécutée par Louis Teissier, peintre de fleurs de la Manufacture des Gobelins, pour être reproduite en tapisserie. (C. f. État général des Tapisseries de la Manufacture des Gobelins, par M. Maurice Fenaille.)

VOSCH (CH.)

47 — *Le Mont Vésuve.*

— *Le Mont Jura.*

Deux pendants.

WAGERS (P.)

48 — *Scènes d'orages.*

Deux pendants.

WATELIN

49 — *Baigneuses au bord de la Marne.*

WINTERHALTER

50 — *Portrait de Femme.*

Signé en bas et à gauche : *1857.*

WINTERHALTER

51 — *Portrait de la Reine Victoria.*

FAIENCES ANCIENNES

52 — **Aprey**. Plat, décor polychrome de fleurs.

53 — **Midi**. Plat creux : Diane au bain.

54 — **Lorraine**. Statuette de l'Hiver. Décor en couleurs.

55 — **Niederwiller**. Figurine d'enfant donnant à manger à une poule.

56 — **Niederwiller**. Statuette, décor polychrome : le Marchand de plaisir.

57 — **Niederwiller**. Trois assiettes, marli à vannerie ajourée, à décor de bouquets de fleurs polychromes.

58 — **Niederwiller**. Compotier, finement décoré de bouquets de fleurs polychromes.

59 — **Palissy**. Coupe, de forme allongée, ornée au fond des figurines en léger relief de Mars et Vénus que l'Amour accompagne.

60 — **Pont-aux-Choux**. Deux saucières, en forme de cygnes.

61 — **Pont-aux-Choux**. Flambeau, formé d'une Chinoise tenant dans chaque main une lumière supportée par un rameau fleuri qui jaillit de la base.

62 — **Pont-aux-Choux**. Huilier supportant des consoles formant pieds et terminé par des chimères.

63 — **Pont-aux-Choux**. Chocolatière, ornée de branchages fleuris en relief.

64 — **Pont-aux-Choux**. Soupière et son plateau.

65 — **Pont-aux-Choux**. Œillère.

66 — **Pont-aux-Choux**. Pot à crème.

67 — **Pont-aux-Choux**. Deux saucières à panse côtelée, ornées de fleurs en relief.

68 — **Pont-aux-Choux**. Deux théières.

69 — **Pont-aux-Choux**. Tasse et soucoupe : fleurs en relief.

70 — **Pont-aux-Choux**. Quatre sucriers à poudre et leurs plateaux. (Seront divisés.)

71 — **Pont-aux-Choux**. Écuelle à anses formées de branchages et son plateau.

72 — **Pont-aux-Choux**. Sucrier à poudre et sa cuillère, avec plateau.

73 — **Pont-aux-Choux**. Cache-pot à mascarons de grotesques, ornés de branchages fleuris en relief.

74 — **Pont-aux-Choux**. Drageoir à quatre compartiments en forme de coquilles. A la partie centrale, un oiseau est perché sur un tronc d'arbre.

75 — **Pont-aux-Choux**. Salière double, surmontée d'un personnage grotesque.

76 — **Pont-aux-Choux**. Rafraichissoir, avec séparation.

77 — **Pont-aux-Choux**. Deux petits plats, quatre assiettes, deux petites assiettes creuses.

78 — **Rouen.** Saucière, décor camaïeu bleu et tasse de malade, décor de fleurs.

79 — **Rouen.** Sept plats, modèles divers.

80 — **Saint-Cloud**. Deux plats ronds, décor camaïeu bleu.

81 — **Strasbourg**. Fontaine simulant une femme nue, assise sur un char accompagné par des dauphins. Faïence blanche.

Haut., 0 m. 55 cent.

82 — **Strasbourg**. Huilier, en forme de bateau, décor polychrome.

83 — **Strasbourg.** Plat rond, finement décoré de bouquets de fleurs polychromes. Marqué Ḣ.

84 — **Strasbourg.** Assiette, finement décorée de bouquets de fleurs polychromes. Marquée H 39.

85 — **Urbino.** Plat, présentant Diane entourée de ses compagnes, suprise par Actéon qu'elle métamorphose en cerf.

PORCELAINES
ANCIENNES

86 — **Chantilly**. Trente-six assiettes, décor à la brindille en camaïeu bleu.

87 — **Chantilly**. Deux petits compotiers à bords lobés. Même décor.

88 — **Chantilly**. Deux autres compotiers, bords à vannerie. Même décor.

89 — **Chine**. Quatre assiettes, décor polychrome de personnages chinois. Époque Kang-shi.

90 — **Chine**. Deux assiettes à armoiries. Époque Kien-lung.

91 — **Chine**. Assiette, à décor de fleurs et d'oiseaux. Époque Kien-lung.

92 — **Chine**. Plat creux, décor polychrome. Époque Ming.

93 — **Chine**. Plat, orné au centre d'une large armoirie polychrome et au marli de bouquets de fleurs. Époque Kien-lung.

94 — **Chine**. Plat, orné au marli de rinceaux et au centre d'un Bacchus en camaïeu bleu. Époque Kang-shi.

95 — **Chine**. Plat orné de deux fong-hoang et au marli de réserves à écrevisses et poissons. Époque Kang-shi.

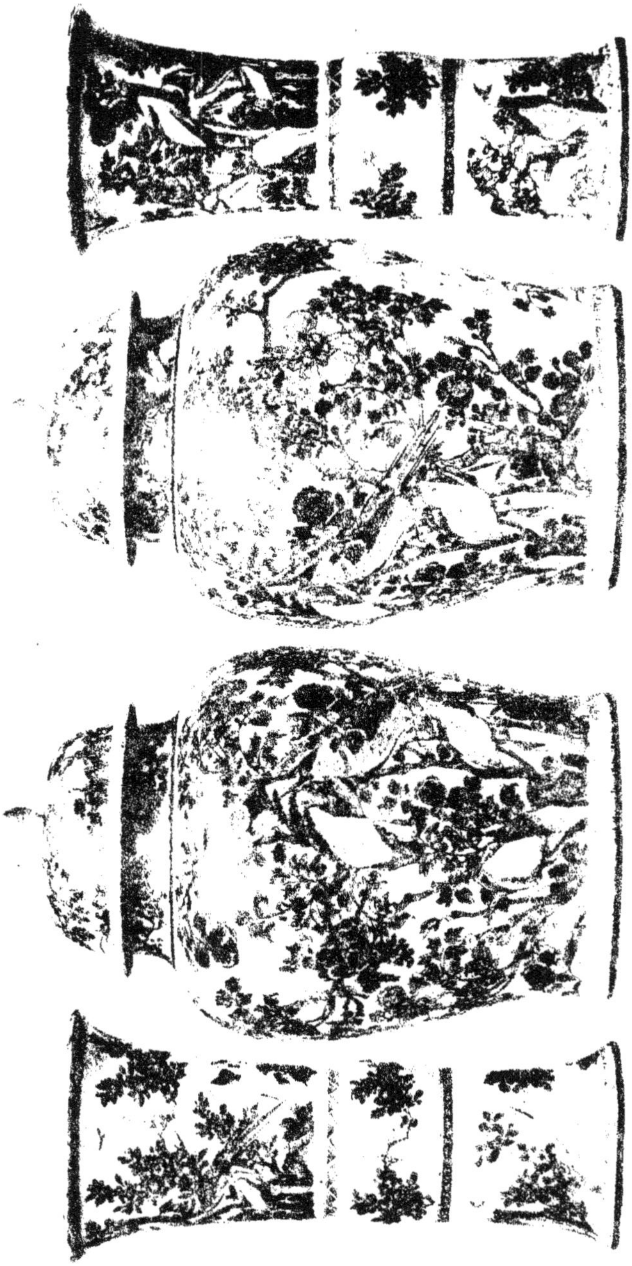

PORCELAINES

ANCIENNES

[illegible]

— Chine. [illegible] [illegible]

— Chine. Plat, [illegible] au centre d'une [illegible] polychrome [illegible] Époque Kien-[illegible]

— Chine. Plat [illegible] au centre d'un Bacchus en [illegible] Kang-[illegible]

— Chine. Plat orné de deux [illegible] [illegible] et poissons [illegible] Kang-[illegible]

103

96 — **Chine**. Théière. Époque Kang-shi.

97 — **Chine**. Plat, orné au centre d'un panier fleuri et au marli de nombreuses réserves décorées de branchages. Époque Kang-shi.

98 — **Chine**. Deux magots, d'époque Kang-shi, tenant des branches en bronze doré, à plusieurs lumières. Bases en bronze ciselé et doré.

99 — **Chine**. Trois plats, décor de fleurs polychromes dans un cartouche se déroulant. Époque Kien-lung.

100 — **Chine**. Plat : personnages. Époque Kang-shi.

101 — **Chine**. Plat, à décor de fleurs et d'oiseaux. Époque Kang-shi.

102 — **Chine**. Plat : oiseaux et fleurs. Genre Kien-lung.

103 — **Chine**. Garniture, composée de deux potiches et de deux cornets, décorés de grands oiseaux, de branchages et de chrysanthèmes en vert, rouge, bleu et or. Époque Kang-shi.

Haut. des potiches : 57 cent.

104 — **Frankenthal**. Plat, de forme ovale, décor polychrome, représentant une vache et des moutons dans un paysage. Marque de *Carl Théodor*.

105 — **Frankenthal**. Plat ovale, à marli gaufré, décoré d'un paysage. Marque au lion en bleu et I H en creux.

106 — **Frankenthal.** Plat ovale à bords gaufrés, décoré d'un groupe d'amours en camaïeu rose et de bouquets de fleurs. Marqué au lion en bleu et I H en creux.

107 — **Frankenthal.** Statuette d'amour chantant, décor polychrome. Marquée au lion en bleu et I H en creux.

108 — **Frankenthal.** Statuette de tondeur de mouton, décor polychrome. Marque au lion.

109 — **Frankenthal.** Deux saucières, décor de fleurs polychromes, marquées l'une P H en creux, l'autre au lion.

110 — **Indes.** Grand plat, offrant une scène de mariage. Camaïeu noir et chairs teintées.

111 — **Indes.** Assiette, décor analogue

112 — **Japon.** Assiette et compotier, décor polychrome.

113 — **Louisbourg.** Quatre tasses, à décor de paysages polychromes.

114 — **Paris.** Verseuse, à décor de barbeaux.

115 — **Saxe.** Paire de candélabres à trois lumières, ornés de médaillons, à l'imitation de camées, de fleurs en relief et de guirlandes dorées. Ils sont terminés par un vase d'amortissement à l'antique.

116 — **Sèvres.** Vase à piédouche, décoré de larges bouquets de fleurs polychromes. Anses en bronze doré, de style Louis XVI. Époque Empire.

OBJETS DE VITRINE

117 — Miniature de vieillard en habit bleu. Signée : *Leveque l'aîné*. Cadre en or. Fin du XVIIIe siècle.

118 — Quatre miniatures : les Saisons. XVIe siècle.

119 — Miniature : le Marquis de Bazincourt. Commencement du XIXe siècle.

120 — Fragments de lettres et de motifs empruntés à des manuscrits. XVIe siècle.

121 — Éventail, orné d'une scène rustique en camaïeu. XVIIIe siècle.

122 — Album, comportant quarante dessins de navires. XVIIIe siècle.

OBJETS VARIÉS

123 — La Vierge et l'Enfant couronnés d'argent et portant des vêtements brodés. XVIIIe siècle.

124 — Coffre en loupe de noyer, à ferrures de cuivre.

125 — Trois assiettes en émail de Canton.

126 — Huilier en plaqué et ses burettes en cristal. Époque Empire.

127 — Moutardier en plaqué. Époque Empire.

128 — Quatre socles en bois sculpté et doré.

129 — Boite ronde ornée d'un pélican et d'une devise : *Je meurs pour vous*. Ancien travail de *Bagard*.

130 — Deux panneaux en bois sculpté, peint et doré. Epoque Empire.

BUSTE

131 — Buste en plâtre : Portrait présumé du chevalier d'Eon. XVIIIe siècle.

PENDULES

132 — Cartel en bois sculpté et doré, terminé par un vase d'amortissement d'où tombent des guirlandes de lauriers. Époque Louis XVI.

133 — Belle pendule d'applique et son socle en corne verte à marqueterie de cuivre, ornée de bronzes ciselés et dorés. Cadran de *Maur à Paris*. Signée deux fois : *Antoine Foullet*. Époque Louis XV.

[illegible]

148. — [illegible]

149. — [illegible]

150. — [illegible]

BUSTE

[illegible]

PENDULES

[illegible]

158. — [illegible] et [illegible] bronze [illegible] *Paris*. [illegible] Louis XV.

131

133

PHOTO LÉON MAROTTE

MEUBLE

134 — Secrétaire en bois de placage, à deux portes et un abattant marquetés de cubes. L'abattant porte, en outre, un médaillon où sont groupés des instruments de musique. Sous le marbre, un tiroir. Commencement de l'époque Louis XVI.

DENTELLES

135 — Fond de bonnet et barbe en ancien point d'Angleterre.

136 — Voile, tulle brodé au passé, et coupe dentelle genre du Puy.

TAPISSERIES ANCIENNES

137 — Tapisserie, présentant au premier plan des arbres et des ronces parmi lesquels on distingue des lapins, une fouine et un oiseau. Dans le lointain, un pont sur une rivière et, à l'horizon, des montagnes. Fine bordure de fleurs et de fruits. Flandres, XVIIe siècle.

Haut., 2 m. 95 cent.; larg., 1 m. 76 cent.

138 — Tapisserie incomplète, présentant à droite un groupe composé d'un seigneur tenant de la main droite une trompe de chasse et dialoguant avec un autre seigneur qui tient en laisse deux lévriers. Au second plan, très petits personnages. Lointains clairs. Riche bordure, sur trois côtés, composée de pilastres à mascarons, de fleurs et de fruits. Cette tapisserie, qui porte la marque de Bruxelles, présente des parties tissées d'or et d'argent.

Haut., 2 m. 55 cent.; larg., 3 mètres.

139 — Tapisserie faisant pendant avec la précédente et également incomplète. Elle présente un groupe formé d'un gentilhomme et d'une bergère accompagnée d'un chien et de son troupeau, dans une forêt se détachant sur un fond clair. Bordure analogue où la marque de Bruxelles a disparu. Parties tissées d'or et d'argent.

140 — Objets omis.

TAPISSERIES [illegible]

www.ingramcontent.com/pod-product-compliance
Ingram Content Group UK Ltd.
Pitfield, Milton Keynes, MK11 3LW, UK
UKHW021114290826
14628UKWH00014B/2193

9 782329 458144